김종호 시선집

황금알 시인선 219

김종호 시선집

초판발행일 | 2020년 10월 31일

지은이 | 김종호
펴낸곳 | 도서출판 황금알
펴낸이 | 金永馥
선정위원 | 김영승 · 마종기 · 유안진 · 이수익
주간 | 김영탁
편집실장 | 조경숙
표지디자인 | 칼라박스
주소 | 03088 서울시 종로구 이화장2길 29-3, 104호(동승동)
전화 | 02)2275-9171
팩스 | 02)2275-9172
이메일 | tibet21@hanmail.net
홈페이지 | http://goldegg21.com
출판등록 | 2003년 03월 26일(제300-2003-230호)

김종호
시선집

황금알

아내가 떠나고 며칠 없어 백일이다.
아내는 소파에 앉아서 저물도록
하염없이 창밖 풍경을 바라보았지.
좁은 골목을 오가는 사람들과
2차선 도로를 왕왕 달리는 차들과
누레지는 밭과 들판, 먼 산 너머 파란 하늘.
아내는 새들처럼 날아다니고 있었을까.
그녀의 고달팠던 삶들을 하나씩 지우고 있었을까.
아내가 바라보던 풍경이 그냥 하얗다.
시인이라고 아내의 아픔이 깊어가는 줄도 모르고
들개처럼 떠돌았던 날들이 고통으로 나를 찌른다.
내길 또한 멀지 않고,
한 걸음도 안 되는 길이 참 멀다.
거울 앞에서 당신은
여전히 웃으며 나를 보고,
내 가난한 시를 엮어,
국화 한 송이를 드린다.

차 례

제1시집

제2시집

제3시집

제4시집

제5시집

제1시집

뻐꾸기 울고 있다

겨울바다 건너온 봄
햇살이 눈꺼풀 무거운 한낮을
뻐꾸기 하염없이 울고 있네

고내오름* 중턱, 나무 그늘에
한 줌 바람 이마에 시원하고
삼백 년 소나무, 네 나이 몇이냐 물으니
줄곧 걸어온 길이 저만치 사소하다

적막하다, 봄 한낮 산속의 고요
숲은 침묵으로 더욱 깊어지고
먼 뻐꾸기 소리, 개개비 둥지에 놓고 온
제 새끼만 염치없이 부르고

그립다
고향 육십 년
늙은 마누라 옆에 두고
웬 그리움이 저미어오는가

뻐꾹 뻐꾹 뻐꾹
고향에 살면서 고향이 그립다

---

* 고내오름: 표고 175m의 산. 제주 고내리 소재이나 애월리와 연접하고 있다.

그리움에도 무게가 있다면

그리움에도 무게가 있다면
내 그리움의 무게는 얼마나 될까
한 세월 모르게 짓무른
가슴의 무게는 얼마나 될까

어차피 혼자서 가는 길
길가에 가로등처럼
구름 뒤에 낮달처럼
오는 날은 오게 두겠네
가는 날은 가게 두겠네

훗날 어쩌다 눈이 마주쳐
내 사랑 어디 있나
그대 물으면
살면서 그리웠노라고,
살다가 잊었노라고

그리움에도 무게 있다면
그리움을 달 저울이 있을까

서울무정 3

중학교 졸업하고 몇 년을
전쟁의 상흔이 벌건
서울거리를 기웃거리고 다닐 때

골목 어귀에 군고구마 냄새가
나를 막아서는 거다
그리울 것 없다던 고향이, 글쎄
한사코 나를 붙잡고 놓지 않았다
자꾸 배에서 꼬르륵거려서
꼬깃꼬깃 천환 한 장을 던져주고
얼른 군고구마 한 봉지를 들고
골목 어귀에 기대어 호호 불며 먹을 때
하얀 입김이 우리집 저녁연기로
모락모락 피어오르고, 보리밥 냄새로
쌓인 눈이 다 녹는 거였다

고향에도 함박눈이 푹푹 내리겠지
산이며 들이며 하얗게 쌓였겠지
이 저녁 한라산 노루들이 푹푹 빠지면서
마을로 내려오겠지

서울무정 4

소싯적 서울 4년에
안 해본 짓이 없다

종로 1가에 있는 서린당구장
붉은 벽돌집 적산창고에서
청소를 하며 지낼 때
지붕 밑 다락방이 나의 숙소
사다리 타고 올라가 쥐랑 자다가
아침에 내려와서는 사다리를 치웠다

내기당구 손님들로 통금이 넘어서야 자고
새벽같이 일어나 청소를 할 때, 꼭 그때
남영동 멀지 않은 서울역에서 기차가 울었다
화통 삶아 먹은 철마가 왝―왝― 소리를 지를 때
당구대 위에 닭똥 같은 눈물이 뚝뚝 떨어졌다

어려서 그런가, 그때는
왜 그렇게 서러웠는지
떨어지는 눈물이 서러워서
목 놓아 울곤 하였다

그리움

바람 부는 날
방파제에서 노을에 젖을 때
어린 그리움이 불쑥
저 수평선을 부른다
어이― 어이―

바람 부는 날
발길 따라 고내봉에 오르면
그리움에 체한 가슴
저 한라산을 부른다
어이― 어이―

잊었노라,
그렇게 사십 년 세월
바람 부는 날이면
해묵은 사랑이 불어와
저 바다에 파도가 높다
어이― 어이―

애월우체국 1

가며오며
우체국 안을 기웃거린다
혹 내게 부쳐올
마음이라도 있는 듯이

애월우체국 뜰에
백 년 늙은 선인장은
해마다 삼백일까, 오백일까
촛불 켜듯 꽃을 피운다는데

가는 사연, 오는 소식마다
노란 꽃 송이송이
그리움이 피어난다 하던가

가며오며
우체국 안을 기웃거린다
혹 내게 부쳐올
섧은 마음이라도 있는 듯이

애월우체국 2

가며오며
일없이 우체국에 들른다

무엇을 도와드릴까요?
나는 그냥 웃고
아가씨, 눈웃음으로
쟁반에 받쳐온 믹서커피를
나는 목례로 받아 홀짝거린다

밀감을 보내는 사람
감자를 보내는 사람
건어물을 보내는 사람
보내는 마음은 섭섭하다는데
보내는 사람마다 족한 얼굴이다

시골우체국에는 부쳐오는 것은 없고
암탉처럼 늙은 마음들을 보내고 있다

오가며 일없이 우체국에 들르고
아가씨의 고운 마음씨를 대접받고
홀짝홀짝 오가는 인정을 마시고 온다

데생dessin

잘못 그은 선이 있다
지우고 싶은 삶이 있다
다시 긋고 싶은 선이 있다
새로 그리고 싶은 삶이 있다

시간은 뒤돌아보지 않고
고쳐 그릴 수 없는 인생은 슬프다
아, 나는 습작 없이
명작으로 가는 길을 모르네

안개 짙은 바다에
부우– 부우– 무적은 울고
보아라, 어느 날
싹둑 잘린 나이테 하나 들고
그 앞에 홀로 서리라

한 번이어서 소중하고
수정할 수 없어 애틋하고
서툴고 흠 있어 내 것인 것을
그래서 아름다운 것을

초추의 백사장

초추의 백사장은 텅 빈
이야기로 쓸쓸하고
한여름 불타던 열정은
쓸쓸히 휴지만 날리고 있네

바람은 깔깔하고
파도도 범하지 못하는
저 아득한 공허,
여명도 망설이는 하얀 적멸을
첫 순정의 촉감으로 걸었네

돌아보면 너무 멀리 와버린
나는 한 마리 물새 발자국
수없이 밟고 간, 아스라이
부서진 조개껍질들
억겁의 모래톱에 쌓이는 파도는
차마 떨리는 인과를 지우고 있는가

빚진 자

아내가 둘째를 낳은 후 이런 말을 하였다 산고가 시작되고
동네 산파에게 목숨을 맡기고 안방으로 들어가면서
'이 신을 다시 신을 수 있을까?' 적이 처연하더라는 것이다

나면서 진 빚을 일생 지고 산다
너무 쉽게 가정이 와해되는 세상,
내 빚은 더욱 무겁고 어머니의 젖가슴이 그립다
까막눈 안 만들겠다고 옆집도 뒷집도 안 보내는 중학교를
순전히 깡다구로 보내놓고 소처럼 일만 하다 돌아가신 어
머니,
고졸인 내가 중등교사전형에 붙었다는 통보를 받고
초등학교 운동장 100m 코스를 단숨에 달렸다
소나무 아래 앉아 헐떡이는데 눈물이 줄줄 내렸다
'어머니, 막내아들 첫 월급으로 따뜻한 내의 한 벌 입으시
고, 김이 펑펑 오르는 하얀 쌀밥 고봉으로 한 상 잘 잡숫고
가시지 그랬어요'

사이

숲으로 사는 나무들은
지켜야 할 무엇이
저마다 사이를 두게 하는가

사랑할수록
바라보아야 한다고

나무들은
사랑하는 만큼 품지 않고
어린나무는 그늘 밖에 두어서
씩씩하게 자란다 하고

부딪치면 깨어지고
껴안을수록 시리다는 것을
사랑을 아는 사람은 안다

저만치 서서 향기로운 나무
그리움도 멀어서
황홀한 아름다움이려니
해도 달도
바라보며 끝없이 돌고 있나니

꽃보다 아름다운 것

'한 송이 국화꽃을 피우기 위해
봄부터 소쩍새는 그렇게 울었나 보다'

'미당의 국화꽃'
그 앞에서 말을 잃었는데
빙산의 7/8은
빛도 없는 물속에서
묵묵하다 하였다

순간도 없이 온몸으로
추상화를 그리는 구름은
하늘이 아름다운 이유를 안다

이우는 꽃잎을 슬퍼하지 마라
한 송이 국화꽃을 피우려고
빛을 거부한 땅속의 광부, 어머니
말없이 가득한 하늘

집

때로 집이란 얼마나 떠나고 싶은가
풀숲 빈 둥지에 햇살이 고일 때
멀리 새들이 날아간 하늘을 본다

날마다 쳇바퀴를 돌다가
내가 겨워 떠난 적이 있지만
나그네는 돌아갈 그리움으로 산다
붐비는 저잣거리, 밤이 없는 항구에서도
밤마다 고향 바닷가를 맴돌다 오곤 하였다

어두워져 가는 골목에서
아이들은 밤이 오는 줄도 잊지만
가난한 두레상에 온 식구가 둘러앉아
하루의 허기를 풋풋한 웃음으로 채우고
제비새끼들처럼 째근거리며 꿈을 꾸리라

언제, 어디쯤이었을까
탯줄을 물고 꼼지락거리던
아득히 떨려오는 시원始原의 그리움
시나브로 스러지는 노을 앞에서
나그네의 영혼은 외롭다

인생은 길을 떠나는 것
그 길에
집으로 돌아가는 것
오늘도 하루해가 길을 나선다

제2시집

새해의 기도

새벽닭이 홰를 치며 울어댑니다
회한이 출렁이는 강가에
촛불 하나 들고 섰습니다

허구의 꽃은 화려하여
사랑은 온실에서 피는 장미
유리창으로 내다보는 진실
한여름 시냇가의 무성한 기도는
서늘한 그늘에 요란한 매미였습니다

오오, 죽어야 합니다
당신의 강물에 빠져서
시취屍臭의 허물을 벗고
새 날개로 팔락이게 하소서

당신의 샘에서
길어 올린 눈물로
눈물을 닦게 하시고
장님의 진실로
장님의 지팡이 되게 하소서
새해에는 미움을 깎아서

십자가를 조각하게 하소서
흠도 티도 없는 노래이게 하소서

해체

닭들이 소리치며 야단법석이다
달걀을 두 개나 삼킨 구렁이 똬리를 틀고 나를 본다
태초에 하와를 겨냥했던 저 유혹의 눈,
나를 겨냥하여 활시위를 팽팽하게 당기고
스윽 슥 미끄러져 오는 노란 현기증
바르르 근육이 얼어붙는 순간
눈을 감은 각목이 연거푸 바람을 갈랐다
나를 어쩌 보려던 눈을 빤히 뜬 체
놈은 150㎝로 길게 누웠다
거대한 황구렁이 비늘마다 햇빛이 꽂혀 있다

햇살이 눈부신 아침에
닭들은 또 웬 소란인가 했더니
뱀의 살과 내장을 발라먹은 살찐 구더기들,
닭들에게 와글와글 단백질을 보시하고
몰락한 파충류 왕국의 최후의 왕은
뼈와 껍질로만 빠삭 마른 미라
이집트파라오의 영원을 꿈꾸고 있는가

늘 뒤통수에 엉겨있는 칙칙한
살인자의 불안으로 다시 찾은 현장에

장사진을 친 개미들의 세련된 해체는
장사長蛇의 섬세한 지네발 같은 상아조각
그 미려한 예술을 완성하고 있었다

그 겨울, 폐원한 농장에 바람이 스산하고
문득 궁금한 그때 그 구렁이 왕은
지상의 모든 길은 오직 한 길뿐인지
그렇게 고집하던 그의 견고한 구조를
흰 눈처럼 뿌려놓고, 미련 없이
중생대의 바람으로 불어가고 있었다

설산에 오르니

설산에 오르니
백록담은 하얀 미사포를 쓰고
우러르는 새파란 눈의 궁전
높이 받들어 올린 푸른 기원은
하늘 펑펑 함박눈이 쏟아져 내린다

우레 치며 포효하는 바람
나무들은 땅에 엎드려 소리쳐 울고
오래 가꾸어온 나의 색은 색이 아니었다
걸어온 내 모든 길은 일시에 길이 아니었다
한 치의 오만도 허락하지 않는
거센 눈발에 내 초라한 눈물조차 얼어붙고

설한에 오르니
청정한 의지는 높이 칼날이 빛나고
고결한 사랑은 낮은 데로만 내리는가
옛적 하늘의 물로 백록을 키웠나니
한라산 배꼽 같은 바위틈에 결빙으로 흐르는
신령성체 한 모금 받들어 마실 때
날을 세운 하늘의 계시가 짜르르……
오로지 염소로 소독한 물을 고집하여온

오장육부를 예리하게 도려내어
내 반쯤은 죽고
반쯤은 번쩍 깨어나서
떨면서, 떨면서 하산하느니
하늘은 삽시에 장막을 치고 함박눈은
흔적도 없이 나를 지우며 퍼붓고 있다

주술呪術 1

원시의 들판에는
언제나 북소리가 들린다

성냥 한 개비의 환상과
나사 한 개의 일탈의 상상

둥 둥 둥 둥
불온에 몸을 떨며
무당의 굿 소리가 춤을 춘다

거기,
나는 없고 아무도 없다

둥 둥 둥 둥
저 휩쓸려 가는 범람

뚝배기

흙이라 해도
성골聖骨로 태어난 백자 청자는
높이 앉아 계시고
'뚝배기 깨지는 소리'
천덕꾸러기는
이리저리 뒹구는 개밥그릇
껍질을 벗겨도 흙냄새만 풀풀 나는
서리서리 서러운 뚝배기
아무 손에나 만만하고
아무 데나 정붙여 헤프지만
저기 5일장 목포댁 손맛으로
구수한 된장찌개 한 사발
김이 무럭무럭 오를 때
쇠주 한 잔에 '커-'할 때
가난 한 짐, 시름 한 짐
장바닥의 서글픈 사정들을
넉넉하게 풀어주는 뚝배기
남도 육자배기 한 자락에
눈물 한 방울 찔끔한다

호박꽃

노란 떡잎 눈을 비비고 나오더니
한여름 무더위를 불 지르며
질풍같이 울타리를 덮치고는
대낮에 노란 꽃등을 손마다 밝혀든다

호박꽃이 열어젖히는 이 아침
저 탐스런 웃음소리를 들어보아라
호박벌들 어지러이 붕붕거리며
근위병을 거느린 근엄한 여왕의 행차

'호박꽃도 꽃이냐'
무시와 천대에 울었건만
오늘 그 더욱 찬란히
너는 공산에 높이 오른 보름달
지순한 사랑 낮은 자리로 내려
슬픈 세상을 환하게 열고 있구나

문득 한 소년이
반딧불 호박꽃 초롱으로
밤길을 밝히며 가고 있네

새소리

나무의 우듬지에서
아무도 모르게
햇빛을 굴리는 소리
바람을 굴리는 소리

묵시의 숲에는 새소리뿐
아예 나는 너의 귀
네가 숲인 것처럼
나는 나무로 섰다

아득하고 아득하여라
사랑의 숲에 그리운 노래여!

밤마다 별빛에 씻어
맑고 청아한 네 노래에
나는 귀먹고 눈멀어서
천지에 새소리뿐이다

가난한 마누라

달 같이 고운 얼굴 뒤 따라가고
건천에 흐르는 층층한 세월에
천 원 한 장도 쪼개면서
종종대더니, 저기
절뚝거리는 마누라 있네

집이 소원이라고 달고 살아
대부받고 떡 23평을 안겨주고는
입이 함박 같을 줄 알았는데
무엇이 와락 무너지는지
눈물만 질질 새는 거였다

정이월 암소 오그라든 뼈
절절 끓는 방에서 녹이며 살면 덧날까
손에 쥔 것 있어야 괄시 안 받는다며
보일러 줄이고 한 줌으로 앉은 마누라
손에 쥔 것도 없이 가슴만 막막하다

나까지 세 아들 잘 키운 마누라
내 인제 속 안 썩힐라 하네
'사랑한다!' 줄창 노래하면서

앉으라면 앉고, 서라면 서고
거세된 황소로 살라 하네
안색 살피면서 눈치껏 살라 하네

바다가 보이는 국밥집에서

남 살듯 못살고 아내는
어디서 버린 것들만 주어왔는지
위암 수술에 디스크 수술에
인공무릎관절 수술하러 갔다가
간경화까지 덤으로 달고 왔다
지지리도 못난 사람
중고차 뜯어고치다가 말겠다

아내는 서울 아들네로 가고
바다가 보이는 국밥집에서
돼지내복국밥을 뜨면서
내가 그냥 청승맞다
어디서 흘러왔는지
목젖이 보이도록 한입가득
국밥을 뜨는 노인이 또 청승맞다
저 바다 험하게 건너왔으리

바람은 후줄근하고
6월의 파란 바다
저 끝까지 반짝이는 물비늘
붐비는 적막이 또 청승맞다

오병이어*
— KBS 사랑의 리퀘스트

허공에 빈 소리
스쳐가는 바람이었다

달랑 천 원 한 장으로
우는 아인들 달래랴

웬일로 여섯 살 꾀죄죄한 나
저 끝에서 혼자 울고 있는가

뚝 떨어진
내 눈물 한 방울
천이 되고 억이 되고

예수님의
오병이어였다

* 오병이어: 보리떡 다섯 개와 물고기 두 마리로 5천 명을 먹이고도 12 광주리가
  남았다는 예수님의 기적.

땅 한 평

오나, 가나
한 평도 못 되는
땅에 내가 있다

하늘이 들어오고
해도 달도 별도
들어와 놀다 가네

나 거기 스며서
아무도 모르는
한 그루 어린나무를 심겠네

나 없어도
꽃 피고 열매 맺고
새들도 깃들어 노래하겠지

그렇게 기도하겠네

제3시집

흐르는 것들은

흐르는 것들은
돌아오지 않아서 아름다웠네
생각에 젖은 시월의 오솔길에서
문득 나는 보았지
수없이 지나간 슬픔의 발자국들을, 그러나
어느 슬픔도 그 자리에 두 번은 놓이지 않는 것을
바람은 자꾸 불어와도
매번 다른 곡조로 노래를 부르고
구름은 쉬지 않고 하늘을 지우면서
순간도 없이 추상화를 그리며 흐른다
나는 또 보았지
중동의 붉은 둔덕에 쌓이는 싸늘한 달의 노래와
낙타의 방울 소리 멀어지는 순례자의 무한 고독을,
그리고 강가에 주저앉아서 앞을 바라보지 못하고
자꾸만 뒤를 돌아보는 슬픈 자의 노래를 들었지
아, 저기, 겨울의 황폐한 들판에
새들은 먼지처럼 날아올라 구름 뒤로 사라지고
네게서 돌아와 젖은 날개를 접는 나비와
누구일까,
새벽 숲에 피리를 부는 자는
사람은 보이지 않고 피리 소리 따라

새도 나무도 바람도 벌레도 사람도
강물에 누어 강물의 노래가 되어 흘러가네
흐르는 것들은 돌아오지 않아서 아름다웠네

청진기

샅샅이 나를 뒤지려는
소리가 몹시 궁금하지만
행여 핍절한 속사정이 드러날까
가슴이 뛰고 얼굴이 화끈거린다

세상의 표정이 늘 궁금하여
징검다리 건너듯, 바둑 수를 읽듯 조심히
낡은 경험과 무딘 감수성을 벼리면서
내게로 향한 눈 속을 헤아리며
미세한 소리에도 신경을 곤두세운다

저 사람이 웃고 있다, 저것은
조소 비소 냉소 고소 아니면 습소濕笑?
눈꼬리와 입꼬리의 야릇한 실룩거림,
그 무변한, 치열하고 미묘한 소리들
나는 아무것도 분별해낼 수가 없네

청진기를 이마에 대었더니
이 무슨 바글바글한 소리인가?
부러 외면하였거나 잊고 싶었던 것들
미워하고 절망하고, 그리워하고 사랑하고

어둠 속에 소리치며 껴안고 뒹굴던 것들
(토 금 목 수 화 월 일) 뒤틀린 반복
몰래 묻어놓고 하얗게 웃고 있는
나는 누구인가, 그 오래된 나는

은퇴

먼 길이었다
42.195km를 완주한 마라토너는
그만 포기하고 싶은 생각을 몇 번이나 삼켜야 했는지
무장 달리기만 하는 길이 그를 못 견디게 하였다
누렇게 낡아가는 무의미
건조한 비애가 부글거릴 때
한 번쯤 통쾌한 일탈을 상상하였지만
매번 헛도는 무기력을 확인할 뿐
재깍재깍, 거대한 시계는
한 점 오차도 없이 그를 끌고 갔다
무슨 힘이었을까?
데친 나물처럼 늘어진 오후
그를 벌떡 일으켜 세우던 힘은
만성피로를 끝없이 돌리던 연자방아는
무의미의 바위만 굴렸던 것은 아니었다
거기 그 강가에 겨울은 없었네
무시로 피어나는 봄꽃들의 반짝임과
언제나 새 곡조로 연주되는 피리 소리와
꿈을 꾸는 맑은 눈동자의 주술,
거기 낱낱의 시간들은 숨을 쉬는 생명체였다는군
이제는 옛 연인의 기억이나 뒤지면서

일없이 뒷짐 지고 땅만 보고 걸어가지만
어느 날 우연히 우람한 장년이
왕대포 한 사발을 받쳐 올릴 때
그 넓은 어깨에 턱 기대고 싶어질 때
텅 빈 허물에도 햇살이 드는지
그는 벌떡 일어나 "하하하하!"
세상 놀래라고 큰소리로 웃었네
저기 누렇게 바랜 교단에
시꺼멓게 재가 되어버린 열정이
왕대포 한 잔에 농축되어 있었다는군
한 걸음쯤 되는 길이 왜 그리 아득했는지
길가의 폐타이어에 내리는 햇살이 서글퍼
가다가 자꾸 길을 잃을 때, 그렇게
도망치고 싶었던 시간들이 팍팍 가슴을 친다
행간마다 접혀있던 풋풋한 기억들,
가슴을 치던 후회까지도 그를 설레게 하고
외딴 거리에서 까만 얼굴이 환하게 웃을 때
그 길의 의미가 풀꽃처럼 피어날 때
오오, 가슴을 활짝 펴고 가리라,
눈을 크게 뜨고, 저만큼 남은 길을 바라본다
이제 저 껍질만의 껍질 안에

나비 한 살이, 지상의 꿈을 묻어놓고,
그는 생애의 마지막 변태를 위하여
영혼 깊이 주름 접혀있는 날개를
한 겹 한 겹 잘 펴고 있다
파르르, 파르르
하늘을 날아오를 날개 하나
오직 떨면서 있다

독 하나 빚고 싶네

별빛 내리는 강기슭
오래 곰삭은 흙으로
허물없이 쓰다 말
독 하나 빚고 싶네
청자 아니면 어떠랴
백자 아닌들 어떠랴
하늘빛 옥색으로 설레지 않겠네
그리 높이 앉아 고독하지 않겠네
종일 구시렁거리는 마누라
눈물 몇 방울 버무려서
김치도, 된장도 손맛 우러나는 것
가끔은 텁텁한 농주도 담가
시답지 않은 세상 거나해서
콧등 시큰하게 한 자락 부르겠네
무정한 마누라 손때 묻어 정분나고
젖은 눈빛 배어 살가운 독
시름 다독이며 살다 보면
꿈같은 세상 꿈만 같겠네

안개 2

― 어머니의 강

오월의 부드러운 아침
눈을 가리고 내려와
산과 나무들, 길과 길
세상의 선과 경계를 허물고
가슴으로 가슴을 껴안고 있다

새들은 날아가더니 안개가 되고
하늘 가득하여서 보이지 않는
가장 단순한 맹목, 어머니의 강
칭얼대는 것들을
조용조용 잠재우고 있다

우리는 확실히 하기 위하여
얼마나 불면의 밤을 새우는가
너와 나의 다름을 결정하려고
얼마나 생각을 기름 짜는가

오월의 아침에
오천 년의 슬픔을 달래려고
박수근*은 깊은 골 잘 익은 황토를 빚어
너와 나의 허물을 덮어주고 있다

허기진 상처를 싸매고
모든 삶과 죽음 위로
고요히 흐르는 어머니의 강

* 박수근: 한국적 황토의 질감을 즐겨 표현한 서민적 화가

하현달 3

이월 스무하루 아침
보리빵 반쪽이
구름에 앉아 울고 있네

장기라도 떼어 팔고
거리에 나앉은 노숙자인지
하늘 벌레들이 울다가
다 울지 못한 배고픔인지
그도 아니면
가난한 우리 누이
골목어귀에 몰래 숨어서
한쪽 눈으로 하는 사랑인지

거리에 반쪽으로 나앉아
머뭇대는 사정은 무엇인지
오늘 아침
내 속을 열어보라며
자꾸만 재촉하네

봄

댕~~ 종을 울리며
한라산을 넘어온 남풍이
산으로 들로
울렁울렁 여울져간다

댕~~
오글오글
기어 나오는 것들
봉긋봉긋
가슴을 내미는 것들

고내봉은 치신머리없이
함지박 궁둥이를 들썩거리고
에헤야 데헤야
봄바람은
꼬리를 내저으며 마실을 간다

갈아입을 물색 옷 하나 없이
덩달아, 나는
간만에 아랫도리가 빡적지근하다

모정

어린이집 '동물농장'에 알을 품던 기러기가 죽어간다. 들개가 물고 뛰는 것을 뺏어오기는 했지만 날개 밑 등짝에 두 개의 동전만 한 상처로 피를 많이 흘렸으니 살기는 글렀다 보름 있으면 새끼들이 깨어날 텐데 가슴이 아팠다 기러기 저 고통을 어쩌랴 안타까운 마음에 마이신을 주사하고 약을 발라주었다

눈을 감은 기러기는
이녁 새끼들 꼭 품어 안은 채
고개를 축 늘이고 있다
3일 만에 눈을 뜬 기러기
코앞에 놓인 모이를 쪼고 물을 마셨다
'옳거니, 살기는 살 것이다!'
나도 기러기랑 같이 아파서
'힘을 내라, 힘을 내라!' 소리쳤다
일주일 후 원기를 찾은 기러기
식— 식— 콧소리를 내며 사뭇 나를 경계하더니
28일 만에, 기어이 새끼 두 마리
날개 새로 눈을 빠끔히 내밀고 나를 보는 거다
화창한 봄날 아침, 엄마는
예쁜 새끼 두 마리를 한 줄로 세우고

자랑스레 아장아장 산책을 한다
갑자기 맑은 하늘이 뿌예지고
어머니, 푸르게 웃고 계신다

민달팽이

민달팽이가 속 터지는 걸음으로
어디로 미끄러지고 있다
'이크, 징그러운 것!'
외면하고 돌아서려는데
왠지 벌건 몸이 시리다
툭, 건드렸더니 한참을 망설이다가
난생처음으로 꾀를 내었는지
천천히 몸을 둥글게 오므려말고 죽은 체를 한다
집도 절도 없이
그 겨울도 맨발로 걸어왔으리
세상의 마라톤에서 맨 꼴찌인
저 원초적 생물, 저 느려터진 걸음으로
멸절의 빙하기는 어찌 건너왔을까
다시 보니 암소처럼 유순하다
맹한 것, 풀만 먹고 살면서
누구에게 눈 한 번 흘겼을까
벌건 몸뚱이 가릴 누더기 하나 없이
파리똥 같은 눈으로
그 먼 길을 잘도 헤아려 왔구나
천천히 걸어서 길을 잃지 않고
풀잎 같은 더듬이로 새김질하여서

진창도 허방도 멀리 돌아서 왔으리
천성을 고집하여 섭리를 걸어왔으리
다시 보니 창해를 헤엄치는 고래만 닮았다

순례자

해보다 먼저
고내오름* 산정에 오르면

애드벌룬처럼
벌건 해가 솟아오를 때
뭉클, 심장이 멈추고
온 산이 출렁거린다

저 빛을 위하여
나의 시는 순례자
길은 멀어
터벅터벅 걸어간다

* 고내오름: 표고 175m의 작은 산, 제주시 고내리 소재

기적奇蹟

"앙—!"

기적汽笛이 울었다

기적奇蹟이었다

이억 분에 일의 존재

여직 숨 쉬고 있다

기적은 사랑이었다

운무의 하얀 바다

새벽안개 속을 뻘뻘 기어서 오른 고내오름*은
운무의 바다에 떠 흐르는 노아의 방주인가
어느 화가의 의지로 세상은 하얗게 지워지고
느닷없이 무인도에 표류한 방관자가 되어 나는
노아의 방주*에 턱을 괴고 앉아 떠나온 삶을 바라본다
저 끝까지 넘실거리는 운무, 도도한 하얀 범람이 삼켜버린
조금 전까지 허우적거리던 나의 집과 나의 삶은 무엇인가
나는 저 하얀 운무의 바닷속을 걸어왔다
가시거리 10M의 보이지 않음을, 그 오랜 불안을 헤쳐 나
왔다
그 후, 지금 나는 아무것도 모른다
자궁 속을 유영하는 동안 바깥세상을 모르던 것처럼
어느 순간 세상 밖으로 내던져진 것일까, 아니면
조금 전까지 숨 쉬던 세상이 어느 화가의 붓끝에서 취소
된 것일까
잠깐 사이에 지워지고, 아무것도 알 수가 없다
나의 꿈꾸던 세상, 사랑과 약속, 그리고 슬픔
나를 버티게 했던 그리움도 단번에 지워져 버리고
저 하얀 운무의 수평선 너머로 에덴의 지문처럼 아득하다
이제 돌아가야 할 시간이 되었다, 캄캄하게 왔던 것처럼
다시 도도한 하얀 미지 속을 캄캄하게 가야 하리

가시거리 10M의 생각마저 닫힌 속으로
뭇 호흡하는 것들의 길을 따라 바람 불어가야 하리
그리고 잠시 후, 눈을 뜨게 되리라, 그 순간
밤을 새우며 번민했던 것들, 슬퍼하고 그리웠던 것들
살면서 불안하고 두려웠던 것들, 아무도 가르쳐주지 않았
던 것들
드디어 터널 끝에서 나의 본성이 햇살처럼 환하리라
그 영원한 거울 속의 단 하나인 진실
전능의 화가의 여백 속에 감추어둔 비밀을 보게 되리라
잠시 후, 불현듯 그리워진다

* 노아의 방주: 구약성서에서, 세상을 쓸어버린 대홍수를 대비해서 120년 동안
  에 노아가 만들었다는 방주

제4시집

어느 가슴에 노래이고 싶다

어느 가슴에
꽃이 피는
한 편의 노래이고 싶다

어느 가슴에
걸어 둘
한 점 그림이고 싶다

시인이라거나
화가라거나
모자를 벗어버리고

벌레 소리 자욱한 길
임의 가슴에 번제의
한 점 향기이고자

산방일우

생각 몇 줌에
라면 하나로
하루가 저문다

노을이 저리 붉으니
누구
울다 가겠네

해조음이 저리 설레니
이 저녁
첫눈이 내리겠네

숲에 외로운 새소리
추레한 마음
길게 끌고 가네

눈감으니
흐르는 물소리
마음이 깊어가나 보네

아가야

아가야
아가야!

네 울음소리로
슬픔이 지워지고

네 방실거림으로
꽃들이 피어나고

네 옹알이로
세월이 간다

그대에게 나의 사랑은

그대에게 나의 사랑은
바람 소소한 날
종일 풀잎에 흔들리는 햇살
조금도 특별하지 않은 노래이니
하루가 저무는 동안 때로는 미움과 그 슬픔으로
바다 위를 소요하는 갈매기의 날개이다가 날 저물어
항구로 돌아와 고요한 물처럼 물로 흐르나니

그대에게 나의 사랑은
눈부신 미소 때문이 아니요,
더욱 슬픈 눈빛 때문은 아니기를
어느 날에나 등 뒤에 벽지의 꽃무늬처럼 있어
아무렇지도 않게 하루가 가고 내 사는 이유가 따로 없어
물처럼 물로 흐르는, 바다에 이르는 노래이기를……
오늘도 저문 하늘가에 개밥바리기 노을에 타는 것은
어느 날엔가 그대를 사랑할 수 없을 때, 그때를 위하여
맑은 하늘에 새벽별 잠 못 드는 기도이기를……
나 없이 다만 사랑만으로 물처럼 물로 흐르기를……

소실점消失點

(1)
수평선에 무애無涯의 점 하나 있다
지상의 모든 선들이 달려가서 찍은 한 점
길 따라 동서남북으로 떠나고
길이란 길이 걸어가는 결국, 점 하나

사람들은 꾸역꾸역 계단을 내려가 지하철을 타고
철길, 그 영원한 평행선이 아득히 끝닿은 점에서
어둠이 되고, 그 후 아무도 아무것도 모른다는
보이지 않아도 그 자리에 엄연하다는 소실점

(2)
자벌레는 생을 한 자씩 재면서 또박또박 가고
반딧불이는 제 몸에 불을 켜서 길을 밝혀가고
나무들은 삶의 낱낱을 제 몸에 기록하면서
추호의 가감도 없이 직립의 의지로 있다

시간의 함묵은 우주의 퇴적층에 쌓이고
미지를 넘나드는 바람은 비밀의 방관자
햇살 쨍쨍한 날에 안개는 더욱 짙고
흐물흐물 흐르는 미심쩍은 실루엣들

벌레들은 한 점 오차도 없이 찾아가는 길에
사람아, 방황하는 사람아!

(3)
뎅그렁뎅그렁,
교회의 새벽종 소리가 내 유년을 깨우고
산과 바다로 너울지며 흘러가는 강가에
사랑과 이별, 그리고 어머니 아, 그리운 어머니!
오늘도 갯가에 앉아 수평선에 찰랑이는 그리움을 바라본다

존재는 처음 사랑*, 삶은 사랑의 잠재된 기억
믿음으로 보이지 않음을 더듬어가는 끝없는 그리움

(4)
화가는 점 하나로 창조의 의지를 불태우고
시인의 상상과 철학자의 직관, 과학자의 천착으로
인류가 쌓아온 문명은 파라다이스로 가고 있는가
신이 되려는 사람들은 신을 해부하고
가공할 무기의 경쟁은 단순한 게임인가
지구는 사랑과 평화의 별이 될 것인가
존재의 고뇌와 불안으로 끝없이 양파껍질을 벗겨내며

가설 위에 가교를 얼마나 더 걸어가야 하늘에 닿을 것인가

(5)
인류의 눈부신 문명과 노작이 사랑이 아니라면
삶도 꿈도 사랑도 열망도 바람에 구르는 낙엽
허공에 허무를 끝없이 굴려가는 허무일 뿐
진리는 믿음으로만 진리이니
흰 구름은 걱정도 없이 하늘을 소요하고
억겁의 태양은 생명의 불길로 타고 있으며
그의 견고한 의지는 예정된 바다로 가고 있다

(6)
수평선의 무에의 점 하나, 소실점
생성과 소멸, 시작과 끝의 결국
모든 논리의 귀결, 사상의 기점이자 종점
너와 내가 걸어가야 하는 영원
그의 자유의지, 위대한 사랑이리니

(7)
그리움은 한없이 에덴에의 유전자
산과 바다와 하늘을 걸어가는 자침磁針

그럴 것이다. 모든 선지자들의 길 끝에서
가장 고요한 시간에 한없이 깃털 같은 영혼으로
아담 이후 폐쇄된 문에서 천만 볼트의 햇살에
섬광처럼 눈을 뜨리라, 그리고 볼 것이다
줄곧 걸어온 나의 그리움의 실체 사랑의 완성을

* 처음 사랑: 하나님이 아담의 코에 불어넣은 생기(숨)

사랑

사랑은
젊은 병사들이 잠든
산정에 펄럭이는 깃발

나의 전체로 드리는 완성

애월우체국 4

모처럼 큰애네로 보내는
갯마을 선어 한 상자
명절에만 보는 손녀
가시를 발라주는 대로
오물거리던 모습이 선하다

모처럼 작은애에게 보내는
아무렇게나 까먹기 좋은 귤 한 상자
아직 제 짝을 만나지 못하여
냄비 바닥이나 긁고 있을까

술 마실 시간은 많았는데
대화를 나눌 시간은 그리도 없었네
그냥저냥 챙겨 사는 것들이
미안하고, 고맙다

"할아버지, 참 자상하시네요"
사무원 아가씨가 건네는 믹서커피
그렇게 부끄러운 커피는 세상에 처음이었다
참, 늦게야 아비 마음
애월우체국 소인을 찍고 간다

눈 오는 날의 수채화

싸륵싸륵 창을 두드리는 진눈깨비
밤새워 동화를 쓰고 있었나 보다
초등학교 운동장, 꿈꾸는 하얀 눈밭에
눈사람 만들고 눈싸움하는 아이들이
그리운 풍경화 한 점을 그리고 있다

그 어느 해 겨울
해 하나를 굴려다가 몸통을 만들고
달 하나를 굴려다가 머리를 얹고
숯으로 눈코귀입을 만들고
헌 밀짚모자를 씌우고 바라볼 때
까무잡잡한 시골소녀의 그윽한 눈길
고른 치아의 하얀 미소가
참, 힘들었지

눈밭에
눈사람 하염없이
눈을 맞으며 있네

빈집 5

사랑이 떠난 자리
질긴 미련

병풍을 두르고
숨소리 고르게
누워 있네

눈 둘 곳 없는
촛불 흔들리는
숨을 멈춘 적막

형기를 마치고
나비 한 마리
나풀나풀 날아오르네

숲의 노래

외로우시면
숲으로 가시게

숲의 적막을 흐르는 물소리와
만추의 가객들의 마지막 콘서트와
먼 길 떠나는 소쩍새의 촉촉한 눈빛과
억겁을 묵연한 바위의 노래와
숲에서는 삶이 노래가 되고 기도가 되느니

아, 욕망의 바다는 검푸르고
삶이 무거운 자들은 노래를 잃고
노래를 잃은 자들은 마음을 잃어
슬퍼서 흐르는 강물에 눕느니

삶이 무거우신가
숲으로 가시게

숲에서는 누구나
삶이 노래이고 기도가 되느니
슬픔도 기쁨도 사랑도 미움도
고요히 흐르는 숲의 마음이 되어
아름다운 노래가 끝없이 흐르느니

빗소리

비가 내린다

빗소리가 보인다

그리움이 고인다

헤다가, 헤다가

홍수처럼 쌓인다

내가 떠내려간다

폐선

다만 폐타이어처럼
탕탕 달리던 시간을 놓고
모두 어디로 갔나, 햇살은
녹슨 기억들을 어루만지고 있다

그랬다
시퍼런 바다 위를 내달릴 때
세찬 물살을 가르며
그 어떤 대결인들 두려웠을까
갑판을 넘나드는 파도에도 굴하지 않았다

날은 서둘러 햇살을 거두어가고
개펄에 붉게 물들어가는 먼 해조음
물이끼가 슬슬 오르는 시간에
삶이란 낡은 페인트처럼 누추해지는가

낡아갈수록 깊어가고
가슴이 썩어서 깨어나는 영혼
그렇게 쥐던 끈을 놓아버리자
이제 누군들 용서하지 못하랴

늙은 거북이 등에 얹혀살던 따개비
뱃장에 다닥다닥 일가를 거느리고
차오르는 물도 살가운 친구가 된다
별들은 뱃간마다 내려와 살랑대고
방파제 너머로 달려오는 파도소리
저 달콤한 자장가 소리

립스틱

뒤치던 온밤이
데친 나물같이 늘어진 아침
빨간 립스틱을 바르고 싶다

(주일날 아침 거울 앞에서
아내는 달처럼 피어나고)

립스틱을 바르고
누구에게 가고 싶다

"나, 여기 있소!"
큰소리로 손 흔들며
하얗게 미소 짓고 싶다

커피 한 잔 4

그 적
뻐꾸기 소리
숲에 깊어질 때

창가에
산 그림자 지는
커피 한 잔

두릿물* 은어들
물 튕기는 소리

긴긴 봄날이 간다

* 두릿물: 마을 안에 다리 밑으로 흐르는 물. 제주어

허공의 십자가 2

저잣거리에 밤이 오면
현란한 오색불빛 아래
또 다른 시장이 열리고
사랑도 쇼윈도에 진열되었다

예수여! 당신은
도심의 허공 여기저기
여전히 피를 펑펑 흘리시며
구걸이나 하듯이 매달려 있는데
바리새인의 기도는 요란하여도
목숨을 주고 바꾼 당신의 사랑은
아무리 둘러보아도 보이지 않습니다

환한 날 더욱 캄캄하여
절망과 증오의 늪은 점점 깊어져 가고
처처에 고통의 신음소리는
당신의 사랑을 파는 검은 가운의
호객 소리에 묻혀버립니다

부조리와 불안의 허공
신뢰를 잃은 첨탑 끝에서

여전히 당신은
"목이 마르다!"
목이 마르다 하시네

바위

잃어버린 기억 속에 홀로 엄연한 기록자
바위의 뿌리는 깊고 멀어 그의 견고한 문은 열린 적이 없네
바람과 햇살의 시간에 묵언, 불변의 기록자
노아의 홍수와 소돔과 고모라의 불기둥에도
그의 의지는 일관된 관조, 태초의 고요를 견지하지만
본래 우주의 중심에 몇천만 도의 들끓는 분노의 운둔자
폼페이의 화려한 종말을 장엄한 버섯구름 속에서 기록하
였다
시간의 의지는 시간의 것, 세상의 시계는 쉬지 않고
분방한 사람들은 분방하여 떠날 뿐
겨울바람 소리치는 날에 바위는 쓸쓸히
해와 달과 별의 궤적, 무심한 듯 낱낱의 표정을 읽고 있다

아무도 쳐다보지 않는 날에
그의 견고한 문이 열리고
잊힌 이야기로 또 다른 세상을 기다리는가

제5시집

강물의 노래

빗물
한 방울이었습니다

어느 산곡에 내린
다만 막막함이었지만
오, 그것은 오케스트라의 첫 음절
음악은 비로소 시작되었습니다
눈물처럼 흐르다가 강물이 넘쳐흐를 때
사막에서도 툰드라에서도
생명의 노래는 모든 경계선을 지웠습니다

눈물
한 방울이었습니다

메마른 가슴으로 내려
오, 그것은 거대한 용광로에 첫 화입
너와 내가 녹아서 우리의 노래가 되었습니다
'톰아저씨의 오두막'*에서 시작된
흑인영가는 미시시피 큰 강이 범람하였지요
러시아의 눈물, 카튜사 마슬로바는
잔혹한 땅, 시베리아의 얼음을 녹이고

'부활'*의 노래가 되었습니다

'아리랑 아리랑 아라리요'
한강은 두물머리의 연가를 부르며
햇살 푸른 아침바다로 흘러가고 있습니다

* 톰아저씨의 오두막: 해리엇 비처 스토의 소설
* 부활: 톨스토이의 소설

죽어서 사는 영혼의 몸짓

한때 나를 불태우던 시,
지금은 휴지를 태우는 시간
껴안고 뒹굴던 몸짓들이
까맣게 몸을 뒤틀다가 허공으로
실낱같이 스러지는 고통의 시어들
그 하얀 고뇌를 조상하는 것이다

혀를 날름거리는 불꽃의 영혼 속으로
불타는 열대의 새소리가 무성하다
우두두두두두- 열대스콜이 내리고
온몸의 세포가 몸을 떨던 환희와
잉잉- 밑동을 지나가는 기계톱의 우는 소리,
빛을 연모하여 하늘로 짙푸르던 의지는
몇백 년이어도 순간에 허망한 것인가

내 가난한 앉은뱅이책상 위 A4용지에
올챙이처럼 꼬물거리던 까만 문자들이
감동을 잃고 하얀 배를 들어낼 때 무엇일까
좌악-, 가슴 복판을 예리하게 찢고 가는
고통에 뒤틀리는 영혼의 몸짓

모든 존재 위로
햇살은 한결같이 내리고
죽어야 한다, 부활의 꿈을 위하여
피를 철철 흘리는 길에
사랑은 죽어서 사는 영혼의 몸짓
불도 안 켠 창으로 드는 파란 달빛
재가 된 시어들이 가슴에 환하다

억새꽃

새벽을 더듬어
고내오름을 오를 때
억새꽃 물결치는 길 끝에
가난한 마누라 손을 흔들며 있네

철없어 덤벙대는 아이
조심조심 한 걸음씩만 오르라고
처음으로 부끄러운 손을 흔들 때
퇴행성 갈퀴손이 갈매기의 하얀 날개를 닮았네

정상의 아침은 순전한 하늘
가슴 부풀려 한 아름 마시고
살랑살랑 미풍으로 내려올 제
열네 살 적 어머니
흰머리 날리시며 나와 계시네

"저것덜 놔뒹 어떵 눈 감으코"*
하시며, 눈 감으신 우리 어머니
지금도 세 살 적 뒤뚱거리는 아들
걸음걸음 더욱 발밑을 조심하라고
하얀 머리 주억이며 따라오신다

* "저것들 두고 어찌 눈을 감으랴"

갈피마다 눈을 감은 것들
— 어떤 기록

심심한 연못가에 물수제비를 뜰 때
"쨍그렁" 깨어지는 수면
하늘에 금이 가고 구름이 흔들리고
무변無邊으로 스러지는 비명소리
물의 상처는 너울너울 너울져
둔덕으로 충적되어 쌓이네

살면서 무거웠던 것들,
사소하여서 사소하지 않은 것들
옛 초가와 가족, 소꿉동무와 그 바닷가와
그리고 먼 성좌에 반짝이는 어린 사랑
내 안에 그립고 슬픈 시간들이
산마루에 무지개 뜨네

소리파장波長이 다한다 하여
아예 소진하고 마는 것은 아니라고
떠나도, 떠나지 못하는 것들
낱낱이 허공에 스며서 슬픈 영상들
태엽 풀린 세월의 끝에서
천길 지층마다 눈을 뜨고 있네
어느 날엔가 눈 맑은 이, 울면서
한 글자씩 손 짚어가며 읽을 것인가

누가 나를 기록하고 있네
― 그림자 2

풀잎 새에 하늘거리며
짐짓 먼 산에 눈을 두어보지만
아무 때 어디서나
햇살처럼 낱낱이 내게로 꽂이는
투명한 시선이 허공으로 있네

채워도 채워도 배는 고프고
안아도 안아도 허전한 가슴
나는 실험실 유리상자 안의 흰쥐
우주 안에 숨을 곳은 없어
끝없이 사하라사막을 끌고 간다

눈 내리는 들판에서
나는 보았지
또박또박 발자국을 찍으며
아득히 걸어온 그 길에
돌아갈 수도 지을 수도 없는 너를

누구신가
안개처럼 눈을 가리고
내 안에서 나를 기록하는 이여,

그대는 어느 별에서 밀파된
전능자의 눈동자인가

광야의 소리

광야에 바람이 불어온다
고온과 혹한이 물어뜯는 시간
영과 육이 서로 다른 곳을 바라볼 때
낙타털을 두르고 외치는
광야의 소리가 이천 년 너머로 불어온다

"회개하라!"
그 소리 떨리며 떨리며
소진하여 허공이 되어도
바람의 기억으로 화살처럼 날아와 꽂히는
들리지 않아도 외치는 소리여!

살로메의 벨리댄스는
시대의 소리의 목을 치고,
세례요한의 머리가 땅 위에 구르는
카인의 후예들이 유리하는 광야,
그 모래 속에 스민
선지자의 피가 소리치는 것이다

빛은 소리로 오는가
소리는 피로 씻어 빛이 되는가

햇살은 패역한 어둠 위로 너그럽고
계절풍이 거센 들판에
광야의 목이 쉰 소리가 불어온다

가을에

가을엔 가만히 귀를 열어
대지의 이야기를 들을 일입니다

숲은 결연히 침묵을 준비하고
길 떠나는 새들의 노래와
나무들의 붉은 눈시울과
사위는 잎들의 몸 비비는 소리와
벌레들의 등껍질 위로 내리는
아직 포근한 햇살과

사랑, 그 이유로
들판 너머 먼 끝으로
달려가는 소리, 소리들

보세요
먼바다에 흔들리는
낙엽 같은 불빛을
아프지 않고서
사랑의 속살을 만질 수 있나요

가을엔

우리의 얘기를 내려놓고
쉼 없이 자맥질하는 바닷새,
그 바다이야기를 들어야 해요

날개 3

산을 오르다가 헐떡거리며
텅 비어있는 하늘,
거리낌 없는 푸른 방임을 본다
산정의 상승기류에 활강하는
독수리의 날개가 또 푸르다

사람들이 범람하여 흐르는
오색 빛 몽롱한 거리, 나는
파도소리 쌓이는 절해의 고도
꽹이갈매기 떼 날아오르는
모래톱에 날개 없는 새
아득하여라
수평선은 굳건히 잠겨 있다

언제였나,
고공 삼만 피트의 오후 다섯 시
하늘은 금빛 찬연한 구름목장
한가로이 풀을 뜯는 하얀 양떼들,
저 평화의 부드러움은 몇천 길이나 될까, 할 때
"너를 던져!"
누군가 귀에 대고 속살거리는

사뭇 소름 돋는 황홀

산정의 하늘은 무한히 열리고
활강하는 독수리를 바라보며
조나단*의 하얀 날개를 꿈꾸었으나
그 세월 헛되이 죄가 되어
나의 하늘은 검은 구름 뒤에 폐쇄되고
어둠 속에 파르르 떨고 있는 날개는
내가 무거워서 날 수 없는 불안

불타는 무역풍의 바다에
의심의 바람은 끝없이 불어오고
수평선은 여전히 굳건한 영원,
나는 그 자리에 절해의 고도,
날 줄 모르는 슬픈 새

어떤 이가 엄숙하게 말했지
"너는 네 것이 아니야!"
"네 날개를 버려!"

그는 우주를 주유하는 거대한 날개

나와 함께 울고 웃으며 피를 흘리는
하늘에 충만한 은유의 시인
그 앞에 나는 산산이 해체되어
뱀의 허물처럼 바람에 날릴 때,
웬일인가, 나는
그의 하늘을 날고 있는 것이다
아, 활강하는 날개여,
은빛으로 눈부신 나의 날개여!

애초에 하늘은 내 안에
보료처럼 개켜져 있었다는군
빛나는 날개 한 쌍 내 안에
처음부터 고이 접혀 있었다는군

에베레스트의 만년설 위로
번쩍이는 독수리 날개여!
즐거운 마음으로
네 날개를 노래한다

* 조나단: 리처드 바크의 소설 '갈매기의 꿈'에서 갈매기의 이름

102

흔들림에 대하여

산다는 것은
순간에서 순간으로
끝없이 흔들리는 것

바람 부는
이러저러한 세상
더 얼마나 몸부림쳐야
강물처럼 유장하게 흐를 수 있나
또 얼마나 휘둘려야
바람처럼 훌훌 떠날 수 있나

벌새는 꿀 한 방울 얻으려고
1초에 90번의 날갯짓을 하고
꽃은 꽃이 되려고
그 겨울 얼어붙은 땅속에서
그렇게 꿈을 밀어 올렸지

순간에서 순간으로
얼마나 흔들려야 나무처럼
사람으로 꿋꿋하게 서랴

고등어

고등어 한 마리가 내게로 왔다
푸른 물결무늬를 번쩍이며
물찬 지느러미로 한 바다를 내달려와
이 아침 나의 밥상이 바다처럼 빛날 것이네

몸에 좋다는 등 푸른 생선
석쇠 위에 누어서 자글자글 익어갈 때
몸을 짜낸 기름이 뚝뚝 떨어져
피식피식 숯불을 끄려 할 때
언제나 저 눈이 문제야
나를 빤히 쳐다보는 눈
까마귀는 맨 먼저 눈을 빼먹지

뻥 뚫려 멍한 눈
보이지 않으면
세상이 지워지고 죄가 지워지고
한 끼 식사가
자르르 기름이 돌겠지

뻥 뚫린 멍한 눈
바다가 슬픈 아침

고등어가 눈을 감으니
또 다른 눈이 나를 보고 있다

슬픔을 방목한다

저 파란 하늘 어디서
슬픔이 배어오는 걸까
빈 화선지에 물 칠만으로도
진하게 번져 나오는 슬픔이여

삶이란 무작스러운 것
슬픔의 모가지를 다 비틀어놓고
아무렇지도 않은 척
우적우적 밥을 씹어 삼킨다

슬퍼하지 마라
은총인 것을
슬픔 아니면 무엇으로
사랑이 아름다울 것이며
사람이 사람 될 것인가

노을이 곱던 밤이면
학교 파한 아이들처럼
우르르 쏟아져 나오는 별들
두런두런 옛이야기로 날을 샐 때

슬픔의 별들은
아침 바다 가득히
눈부시게 반짝이는 윤슬
네 슬픔을 방목한다

빈 집 7
— 그리움

구름처럼
흐르는
집 한 채 있네

눈비에도 바래지 않고
세월에도 지워지지 않는
바닷가 늘 그 자리에
해조음이 흐르는 집

그리우면
몸을 뉘였다 오고
외로우면
울다가 오는

지금은 없는
먼 날의
집 한 채 있네

그리움

비 그친 처마 끝에
한사코 매달려

시름겨워

'뚝'

그리움 겨워

뚝,

뚝

개똥이

새벽녘에
개똥이가 엉금엉금 기어 와서는
내 등에다 오줌을 누고 갔다
여섯 살 적 아버지가 돌아가시고
6개월 후에 늦둥이 유복자로 태어난 동생
학교 파한 오후나 공일엔 내 등에서
웃고 울고, 오줌도 똥도 쌌다
어머니와 형들과 누나는 밭에 가고
개똥이가 울 때면 나도 징징 울면서
먼먼 밭에 가서 젖을 먹이곤 했지
그 적에 일도 없이 차부에서 맴돌았지
개똥이를 걸머메고 오가는 버스를 기다리다가
저녁 어스름을 쓰고 집으로 들어오곤 했지
'어까'하면 겨우 일어서서 헤벌쭉 웃던 개똥이
밭일이 없는 날에도 어머니는 쉴 틈이 없고
학교 파하고 오면 헤벌쭉 웃으면서 기어오던 개똥이
책보를 팽개치고 냅다 운동장으로 뛸 때
아앙— 개똥이 울음소리가 먼 올레까지 따라오곤 했었지
개똥이는 겨우 세 살만 살다갔다
그 겨울이 끝나고 사쿠라*가 함박눈처럼 흩날리던 날
강의원에서 나력* 수술을 받고 20여 일을 칭얼대다가

봄날처럼 훌쩍 가버렸지
개똥이는 지금도 가끔씩 내게로 온다
엉금엉금 기어 와서는 꼭 내 등에다 오줌을 싸고 간다
불현듯 일어나 불을 켜고 내의를 벗어 코에 대면
아련한 개똥이가 와락 온몸으로 감겨든다
봄 돌아와 세상 꽃들이 팡팡 터지는데

* 사쿠라: 벚꽃의 일본어. 강의원 뜰에 오랜 벚꽃 세 그루가 있었다.
* 나력: 결핵성 경부 림프샘염

나 그런 여자를 안다

보고 있으면 잠길 듯이 깊은
눈이 호수 같은 여자를 안다
막걸리를 벌컥벌컥 마시면서
나나무스꾸리의 물망초를 듣는
비쩍 마른 몸만 가진 여자
문학을 좋아한다며
시인들의 배설로 도배 된 북새통,
저 60년대의 '주막'의 주인인 여자
문인들의 난삽한 잡설에 끼어
밤늦도록 자리를 뜨지 못하는 여자
사랑해서 불행했던 여인 카추샤와
황량한 시베리아 횡단열차가 떠오르는
왠지 부축해줘야 될 것만 같은
버들잎 같은 그런 여자를 안다

또 봄은 오고

또 봄은 오고
햇살은 홀홀 옷을 벗고
꽃 잔치로 벅적대는 들판
여기저기서 불어대는 휘파람소리
온 산이 출렁출렁 홍수지겠다

산마루에 외따로이 앉아
나는 호명하지 않는 이름,
부르며 부르며 날아가는
새들의 즐거운 하늘 너머로
한 점 구름을 띄운다

또 봄은 오고
실바람으로 오는 사람아,
우람한 노송은 올해도
노란 꽃가루를 뿜어대는데
더욱 외로운 하산 길에
휘파람을 부는 작은 새여,
고고하고 청아한 노래여

시월서정

(1)
한 점 흰 구름이
하늘 끝에서 걸어오네
누런 들판 너머로
참새 떼가 모래처럼 날아오르네

하늘이 텅 비었네
"누이야–!"
젊은 날을 불러보지만
괜스레 섧고 미안하네

(2)
가을 산은 캄캄한 풍악楓嶽
혹 고흐*일까
화가는 보이지 않고
천지에 불타는 혼돈

푸른 빛 한 점 없이,
고운 단풍도 들지 못하고
자꾸 섭섭하여 오네

(3)
바다에 잦아드는 해
알토색소폰 젖은 가락에
저 끝까지 몸을 떠는 바다
빛의 정령들이 왈츠를 추네

이제는 돌아가야 할 때
먼 수평선에
한두 점 불을 켜는 그리움
너와 나, 묽어져 가네

* 고흐: 후기 인상주의 화가

해설 · 허상문

김종호 연보

애월, 그 쓸쓸한 삶과 존재의 풍경
― 김종호론

허상문(문학평론가, 영남대 명예교수)

1. 무욕의 삶, 그리움의 시학

제주의 원로 시인인 김종호 선생이 시 선집을 출간한다. 그는 이미 『뻐꾸기 울고 있다』(2008), 『설산에 오르니』(2010), 『순례자』(2011), 『소실점』(2013), 『날개』(2017) 같은 시집을 발간한 제주의 대표적인 시인의 한 사람이다. 한 시인이 자신의 선집을 상재한다는 것은 그의 시 세계를 총체적으로 정리하는 뜻깊은 의미를 지닌다. 필자는 꽤 오래전에 어느 잡지에서 '김종호 특집'에 평을 쓰면서 인연을 맺은 이후로, 제주에 올 때마다 안부를 여쭙거나 그를 모시고 몇몇 제주 문인들과 늦게까지 술잔을 나누는 사이가 되었다. 이번에 이 시집의 해설을 부탁하는 연락을 받고 선집의 해설을 함부로 쓸 수는 없노라고 고사를 했지만, 내심 이 기회에 선생의 시 전체를 속속들이 읽으면서 김종호 시인의 삶과 문학에 대해서 더욱 꼼꼼하게 살펴보자는 욕심도 없지 않았다.

김종호 시인의 고향은 제주의 작은 포구마을 애월이다. 이곳에서 나고 자라서 지금도 살고 있다. 마을 중심에 하물이라는 샘이 있는데 애월 마을을 먹여 키우는 젖줄이다. 여기서 헤엄을 배워 점차 바다의 깊고 넓은 물로 나갔다. 그리고 방파제에서 하늘과 맞닿은 바다와 수평선을 바라보며 꿈을 꾸고 그리움을 배우기 시작했고 그 아이는 자라서 마침내 시인이 되었다. 시인은 오늘도 "꿈인 듯이 분명치 않으면서 사무치는 원초적 나의 그리움은 어디에서 오는 것일까"(「자서」,『소실점』)라고 묻는다.

시인의 그리움의 근원은 무엇일까. 그리움의 서정은 김종호 시의 정서를 보여주는 기조로 나타난다. 그리움을 노래하는 대표적인 시 한 편을 읽어보자.

> 그리움에도 무게가 있다면
> 내 그리움의 무게는 얼마나 될까
> 한 세월 모르게 짓무른
> 가슴의 무게는 얼마나 될까
>
> 어차피 혼자서 가는 길
> 길가에 가로등처럼
> 구름 뒤에 낮달처럼
> 오는 날은 오게 두겠네
> 가는 날은 가게 두겠네
>
> 훗날 어쩌다 눈이 마주쳐
> 내 사랑 어디 있나
> 그대 물으면
> 살면서 그리웠노라고,
> 살다가 잊었노라고

그리움에도 무게 있다면
그리움을 달 저울이 있을까
       -「그리움에도 무게가 있다면」전문

　시인은 한 세월 짓무른 그리움의 무게가 얼마나 될까라고
묻는다. 그리움의 무게가 얼마나 무거우면 그리움을 달 저
울을 찾을까. "그리움에 체한 가슴/ 저 한라산을 부른다",
"그렇게 사십 년 세월/ 바람 부는 날이면/ 해묵은 사랑이 불
어와/ 저 바다에 파도가 높다"(「그리움」)라고 노래한다. 그야
말로 김종호의 시는 '그리움의 시학'이라 명명되어도 지나치
지 않다. 시인이 이렇게 "대상이 없는 원초적 그리움"에 몸
부림치는 것은 새로운 세상과 삶에 대한 갈망 때문일 것이
다. 시인의 그리움은 미지의 세계에 대한 갈망이기도 하지
만, 욕망 없고 고통 없는 무욕의 삶에 대한 열망이 아닐까
싶다. 그것은 '어디에도 없는' 유토피아에 대한, 그곳에서 기
다리고 있을 새로운 삶에 대한 열망일 것이다. 이 각박하고
사나운 삶을 떠나 평화롭고 아름다운 무욕의 세상에 대한
동경, 그것이 김종호 시인의 그리움의 실체가 아닐까.
　노자의 말대로 유욕有欲이 눈앞의 현실의 영토를 보여주는
데 비해, 무욕無欲은 깊은 생성의 심연을 보여준다. 무욕하
면 고요함이 이루어지게 되고 움직임이 곧게 된다. 고요함
이 이루어지면 밝아져 통하게 되고 움직임이 곧으면 순수하
고 올바르게 된다. 이런 무욕의 삶의 태도가 그리움을 낳고
그에 대한 갈구가 김종호 시의 핵심적 정조를 이루면서 작
동한다. 또한 김종호의 이런 삶의 태도와 시학은 그의 시의

의의와 성격을 해명하기 위한 중요한 단서를 제공한다.

그의 시에서는 현대시에서 흔히 보이는 기교적 실험이나 주제적 난해함은 거의 찾아볼 수 없다. 초기시 『뻐꾸기 울고 있다』에서부터 최근의 『날개』에 이르기까지 일관되게 나타나는 김종호 시의 특성은 지나친 관념이나 감정의 토로가 배제된 투명하고 명징한 언어들로 이루어져 있다는 점이다. 시어의 결이 맑고 섬세한 것은 그만큼 그가 세상을 밝은 눈으로 바라보며 그 속에 숨겨진 비의秘義를 읽어내고자 하는 순정한 마음을 지니고 있기 때문일 것이다. 그의 시에서는 세상에 대한 허장성세나 거대 담론이 보이지 않는다. 오히려 서정적 음성으로 삶의 슬픔과 고뇌에 대한 정서를 드러내는 어떻게 보면 다분히 낭만주의적 경향이 짙은 작품 세계를 보여준다. T. 아도르노는 "아우슈비츠 이후 서정시를 쓰는 것은 야만"이라고 말했지만, 갈수록 서정성이 상실되어가는 시적 풍조에서 김종호 시와 같은 서정성이 가득한 작품은 소중한 문학적 자산이 아닐 수 없다. 현대시는 주체와 타자, 자아와 세계의 합일이 불가능한, 말하자면 시와 세상 사이의 균열과 불화가 이루어지면서 등장했다. 이제 지상의 어느 곳에서도 쉽게 서정적 시인을 구제해줄 구원과 위무의 터전은 존재하지 않는다.

이런 관점에서 김종호는 현대시의 일반적 경향과 먼 거리에서 서정시의 전통을 이어가는 자리에 서 있는 시인이라 할만하다. 그는 여느 시인들이 쉽게 스쳐 지나가 버리는 작지만 의미 있는 사물들 앞에 멈추어 깊은 서정의 우물을 길어 올린다. 형상화하는 세상은 평화롭고 순정한 것이면서 동시에 그 속에 담긴 아픔과 슬픔의 잎맥을 헤아린다. 따라

서 그의 시를 읽고 있으면 이 세상에 드리워진 슬픔을 이겨
낼 수 있는 맑고 투명한 순정의 마음이 우리의 영혼을 충전
시켜 준다. 요컨대 김종호 시 세계의 특성은 시적 서정성,
조탁을 이룬 간결하고 투명한 시어, 그리고 삶과 존재에 대
한 깊은 철학적 성찰로 집약될 수 있다.

　여기서 김종호 시인의 시적 의의와 성과를 더욱 구체적으
로 살피는 것은 이 글의 범위를 벗어나는 일이지만, 분명한
것은 그의 시 전반에서 그리움을 매개로 상호 의존할 수밖
에 없는 삶과 존재에 대한 자각, 자신에게 닥치는 슬픔을 일
상적 조건으로 수용하여 슬픔의 보편성과 지속성의 의미를
강조한다는 사실이다. 이것이 김종호의 삶과 시의 윤리를
형성하는 정서의 본질이 된다. 그리하여 그의 시에서는 고
향과 타향, 자연과 문명, 자아와 타자가 서로 대립하는 이질
적 관계가 아니라 화해와 조화의 대상이 된다. 김종호의 시
의 언어는 세계를 감싸 안으면서 세계와 하나의 화음을 이
룬다. 제주 오름과 설산(「설산에 오르니」)과 바다(「운무의 하얀
바다」), 자연 속에서 살아가는 새(「뻐꾸기」), 숲(「숲의 노래」)과
꽃(「억새꽃」)들이 모두 시적 소재가 되고 사랑의 대상이 된
다. 그들은 "줄곧 걸어온 나의 그리움의 실체 사랑의 완성
을"(「소실점消失點」) 위한 것이다.

　F. 소쉬르의 어법을 빌면, 세상은 하나같이 기의는 사라
져가고 있고 기표의 파편만이 부유하고 있다. 시인은 토막
나고 흩어진 이 파편들을 끌어모아 "까맣게 몸을 뒤틀다가
허공으로/ 실낱같이 스러지는 고통의 시어들"을 살려내고자
한다. 이것은 단순히 부유하는 기표의 의미들을 살려내기
위한 것이 아니라 "가슴복판을 예리하게 찢고 가는/ 고통에

뒤틀리는 영혼의 몸짓"이다. 그리하여 기표 안에 은폐해 있던 존재의 의미를 찾아내고자 한다.

> 모든 존재 위로
> 햇살은 한결같이 내리고
> 죽어야 한다, 부활의 꿈을 위하여
> 피를 철철 흘리는 길에
> 사랑은 죽어서 사는 영혼의 몸짓
> 불도 안 켠 창으로 드는 파란 달빛
> 재가 된 시어들이 가슴에 환하다
> — 「죽어서 사는 영혼의 몸짓」 부분

이제 그는 "죽어서 사는 영혼의 몸짓"으로 자신의 존재를 위한 영혼의 순례를 시작한다. "살면서 무거웠던 것들,/ 사소하여서 사소하지 않은 것들/ 옛 초가와 가족, 소꿉동무와 그 바닷가와/ 그리고 먼 성좌에 반짝이는 어린 사랑/ 내 안에 그립고 슬픈 시간들"(「갈피마다 눈을 감은 것들」)의 '기록'을 찾아 나선다. 완전한 소실점을 찾아서, 다가갈수록 자꾸 멀어져가는 그곳에 닿기 위해서.

2. 소실점을 찾아서

우리는 오늘도 길을 걷는다. 끝없이 이어지는 선을 따라서, 머나먼 삶의 끝자락에 있는 하나의 점을 찾아서 열심히 걷는다. 평행한 두 선이 멀리 가서 한 점에서 만나는 곳, 그곳에 소실점이 존재한다. "영원한 평행선이 아득히 끝닿은 점에서/ 어둠이 되고, 그 후 아무도 아무것도 모른다는,/ 보이지 않아도 그 자리에 엄연하다는 소실점"(「소실점消失點」), 우리는 길을 따라, 그 점을 찾아간다. 화가는 점 하나로 창조의 의지를 불태우고, 시인은 언어를 따라 그리움을 찾아 미지의 세계에 당도코자 한다. 그곳은 "생성과 소멸, 시작과 끝의 결국/ 모든 논리의 귀결, 사상의 기점이자 종점,/ 너와 내가 걸어가야 하는 영원"(「소실점消失點」)의 길이다. 그곳에는 구속 없는 자유와 위대한 사랑이 있다. 자벌레도 반딧불이도 나무들도 가감 없이 갈 길을 가고 있다. 그렇지만 사람은 제 갈 길을 잃고 방황하고 있다.

> 자벌레는 생을 한 자씩 재면서 또박또박 가고
> 반딧불이는 제 몸에 불을 켜서 길을 밝혀가고
> 나무들은 삶의 낱낱을 제 몸에 기록하면서
> 추호의 가감도 없이 직립의 의지로 있다
>
> 시간의 함묵은 우주의 퇴적층에 쌓이고
> 미지를 넘나드는 바람은 비밀의 방관자
> 햇살 쨍쨍한 날에 안개는 더욱 짙고
> 흐물흐물 흐르는 미심쩍은 실루엣들
> 벌레들은 한 점 오차도 없이 찾아가는 길에
> 사람아, 방황하는 사람아!
>
> ― 「소실점消失點」 부분

자연의 섭리 속에서 작은 미물조차도 제 갈 길을 찾아가지만, 인간은 신을 해부하고자 하고 가공할 무기를 만들어

경쟁하듯 전쟁을 일삼는다. 시인은 묻는다. 언제 이 "지구는 사랑과 평화의 별이 될 것인가/ 존재의 고뇌와 불안"에서 벗어날 것인가. 이제 시인은 꽃이 되어(「꽃보다 아름다운 것」) 숲이 되어(「숲의 노래」) 새가 되어(「날개3」) 자신의 길을 가고 자 한다. 시인은 "충만한 은유의 시인"이 되어, 하늘을 날고 있는 새가 되어 이카로스의 불가능에 대한 가능성을 꿈꾼 다. 산정의 하늘은 무한히 열리고 활강하는 독수리를 바라 보며 「갈매기의 꿈」에서처럼 조나단의 비상을 소망한다.

> 그는 우주를 주유하는 거대한 날개
> 나와 함께 울고 웃으며 피를 흘리는
> 하늘에 충만한 은유의 시인
> 그 앞에 나는 산산이 해체되어
> 뱀의 허물처럼 바람에 날릴 때,
> 웬일인가, 나는
> 그의 하늘을 날고 있는 것이다
> 아, 활강하는 날개여,
> 은빛으로 눈부신 나의 날개여!
>
> — 「날개 3」 부분

시인에게 '그'라는 새의 존재는 꿈이나 그리움의 형식으로 존재한다. 시인의 비상을 위한 꿈은 현대인의 욕망과 이룰 수 없는 꿈에 대한 상징성을 내포하고 있다. 그렇다면 시인 이 추구하는 보이지 않는 욕망은 무엇일까? 그것은 사랑에 대한 소망일 수도 있고, 존재 자체에 대한 물음일 수도 있 다. 인간으로 태어나 이 세상에 살아가면서 우리는 매 순간

현실로부터 도피하고자 욕망한다. 그 도피처는 현실 저 너머에 있는 새로운 세계와 존재에 대한 사랑일 것이다. 그래서 시인은 자신을 "산산이 해체"하여 새와 같이 영원의 세계로 비상하고자 한다. "에베레스트의 만년설 위로/ 번쩍이는 독수리 날개여!/ 즐거운 마음으로/ 네 날개를 노래한다." 시에서 '그'와 '나'는 두 존재의 어긋난 삶의 과정이 교차한다. 두 존재는 서로에게 다가서는 방법과 서로 닿고자 하는 욕망이 엇갈린다. '나'는 '그'의 은빛으로 빛나는 활강하는 날개로 하늘을 날고 싶지만, '나'는 새가 되어 하늘을 날 수 없는 슬픈 존재이다.

시인이 부르는 슬픈 새의 노래는 이승에서는 가질 수 없는 날개 없는 인간의 존재론적 고뇌일 수밖에 없다. 이것은 바로 시적 화자가 인간이면서 새가 되어 날아가고자 하는 이룰 수 없는 욕망이며, 이카로스가 끝없이 닿고자 했던 허구의 꿈에 대한 안타까운 비가悲歌이다. 그렇지만 화자는 끊임없이 그 불가능에 대한 가능성을 노래하고 있다.

이렇게 소실점에 닿고자 하는 시인의 순례는 다양하게 나타난다. 그런 점에서 김종호 시인은 이미 우리 시대의 헤르메스다. 그는 우리가 생각할 수 없는 미지의 세계로 나아가는 길을 안내하는 사자使者이며 목부牧夫이다. 길잃은 나그네들을 이끌고 지상에서부터 지하까지 안내한다. 김종호의 시는 우리가 닿지 못한, 닿을 수 없는 '새로운' 세계로 향하는 하나의 길이며 순례임이 틀림없다. "나의 시는 순례자/ 길은 멀어/ 터벅터벅 걸어간다"(「순례자」). 이제 시인이 가야 할 곳은 어디인가.

3. 회향懷鄕의 사모곡

　우리는 모두 고향을 가지고 있고 가슴 속에 고향을 그리는 마음을 품고 살아간다. 그것을 서양에서는 노스탤지어라고 부르고 동양에서는 회향이라고 부른다. 현존하는 혹은 부재하는 고향을 그리워하는 무망無望의 탄식이 우리의 가슴에서는 수시로 흘러나온다. 철학자 하이데거에 의하면, '고향Heimat'은 인간이 편안하게 기댈 수 있는 존재의 근원이다. 존재의 밝음으로 탈주하고자 하는 인간은 본래적 거주 장소인 고향에 이를 때에야 비로소 인간다울 수 있다. 따라서 하이데거 철학의 중심개념인 존재란 다른 한편으로는 '단순하고 소박한 자연'을 지칭하며, 이것은 한 마디로 줄이면 바로 '고향'이다. 시인들에게 고향이 그리움의 대상이 되어 노래되는 이유도 여기에 있다. 많은 시인이 고향 노래를 부르고 있지만, 김종호 시인에게서만큼 고향이 간절하고도 애절하게 노래되는 경우도 흔치 않다. 시인에게 고향은 수시로 나타나서 그리움의 대상이 되어 영혼을 뒤흔든다.

　　그립다
　　고향 육십 년
　　늙은 마누라 옆에 두고
　　웬 그리움이 저미어오는가

　　뻐꾹 뻐꾹 뻐꾹
　　고향에 살면서 고향이 그립다

　　　　　　　　　　　　　　－「뻐꾸기 울고 있다」부분

"고향에 살면서 고향이 그립다."는 시인의 심정을 어떻게 해석해야 옳을까. '고향'은 그의 문학세계를 형성하는 서정적 근원의 하나로 자리 잡고 있으며, 더 나아가 현실에 대한 인식이나 세계관을 보여주는 중심적인 배경의 역할을 한다. 그의 시에서 고향의 의미를 제대로 살피기 위해서 작품에서 형상화되고 있는 어머니의 이미지에 대한 이해가 선행되어야 할 듯하다. 어머니는 김종호의 시 전반에 걸쳐 나타나는 정신적 지향점으로서의 이미지로 그려지고 있다. 그의 시에서 '어머니'는 고향에 대한 은유 혹은 '영혼의 고향'으로 묘사된다. 어머니의 강은 '안개'가 되어 '새'가 되어 '억새꽃'이 되어 흔들린다. "새들은 날아가더니 안개가 되고/ 하늘 가득하여서 보이지 않는/ 가장 단순한 맹목, 어머니의 강"이 되어 흐른다. "허기진 상처를 싸매고/모든 삶과 죽음 위로/ 고요히 흐르는 어머니의 강"(「안개2」)이다. 이렇게 김종호의 시에서 빈번히 고향은 어머니로, 어머니는 고향으로 환치된다. "사랑과 이별, 그리고 어머니 아, 그리운 어머니!/ 오늘도 갯가에 앉아 수평선에 찰랑이는 그리움을 바라본다"(「소실점消失點」).

더 나아가 김종호 시에서 고향은 현실적으로 존재하는 곳이 아니라 환상성에 의해 재창조된 유토피아적 고향이라는 중요한 의미를 지닌다. 흔히 고향 이미지를 형상화할 경우, 어린 시절을 보낸 집이나 그와 관련된 가족과 사물들이 주로 그려진다. 그러나 김종호 시인은 이와 달리 환상적 공간을 창조함으로써 자신만의 고향 이미지를 재창조하고 있다. 이것은 그의 시에서의 고향 이미지가 다분히 시인의 내면적인 정신적 공간으로 형상화되어 나타나는 현상 때문이다.

시인 자신도 고향이 단순히 현실적이고 실제적인 공간만이 아니라는 점을 밝히고 있다. 그는 집의 의미를 다음과 같이 이야기한다.

> 언제, 어디쯤이었을까
> 탯줄을 물고 꼼지락거리던
> 아득히 떨려오는 시원始原의 그리움
> 시나브로 스러지는 노을 앞에서
> 나그네의 영혼은 외롭다
>
> 인생은 길을 떠나는 것
> 그 길에
> 집으로 돌아가는 것
> 오늘도 하루해가 길을 나선다
>
> ─「집」부분

어차피 인생은 길을 떠나고 돌아오는 것이고, 집은 "내가 겨워 떠난 적이 있지만/ 나그네는 돌아갈 그리움으로 산다/ 붐비는 저잣거리, 밤이 없는 항구에서도/ 밤마다 고향 바닷가를 맴돌다 오곤하였다." 그래서 어둡고 불안한 세상에서 포근하게 은신하고 싶은 "햇살 내리는 풀숲 속 빈 둥지 같은 곳"이 바로 집이고 고향이다. 그러나 시인이 그리고 있는 집은 단순히 그에 그치고 있는 것이 아니다. 시인은 그 공간을 "아득히 떨려오는 시원始原의 그리움"이라는 말로 표현하고 있는데, 이는 그 집이 단순히 현실적인 삶의 공간이라기보다 환상적인 유토피아의 공간임을 말해준다. 여기에는 세계를 '현실'과 '낙원(고향)'이라는 이원론적인 시선으로 보는 시인의 세계인식이 내재해 있다. 이런 이원론적인 세계관 속에서 시인은 현실에 살면서도 낙원을 꿈꾸는 존재가 된다. 시인은 유토피아적 공간으로서의 고향을 창조함으로써 부정적인 '현실'보다는 낙원의 대상으로서의 '고향'을 형상화하고 있다. 즉 김종호 시에서 고향은 단순한 일상적 삶의 공간이 아니라 내면세계에 존재하는 '꿈의 세계'로 정향되면서 이루어진 공간이라고 할 것이다.

시인이 꿈꾸는 환상적 고향은 자아가 도달할 수 없는 초월적 공간이다. 현실에 발을 딛고 살 수밖에 없는 자아는 그곳에 쉽게 다가가지 못하며 바라보고 있을 수밖에 없다. 여기서 시적 자아는 존재와 부재의 모습을 동시에 체험하고 노래해야 한다. 예컨대 자신의 고향집 근처 새벽안개 속을 뻘뻘 기어서 오른 고내오름에서 "나의 꿈꾸던 세상, 사랑과 약속, 그리고 슬픔/ 나를 버티게 했던 그리움도 단번에 지워져버리고/ 저 하얀 운무의 수평선 너머로 에덴의 지문처럼 아득하다"(「운무의 하얀 바다」)고 느낀다. 시인에게 고향은 수평선 너머의 "에덴의 지문처럼" 내면에 관념적으로 생성하는 환상적 자연 공간이며, "눈비에도 바래지 않고/ 세월에도 지워지지 않는/ 바닷가 늘 그 자리에/ 해조음이 흐르는 집"이고 "지금은 없는/ 먼 날의/집 한 채"(「빈 집7」)로 남는다.

이런 고향 의식에서도 잘 드러나듯이, 김종호의 시는 후반기로 넘어갈수록 삶에 대한 초월적 달관의 모습을 보이기까지 한다. 삶에 대한 초월과 달관은 시인이 도달하고자 하는 세계는 '지금 여기'가 아닌 '먼 저기'에 존재하는 현실 너머의 세상으로부터 오는 빛에 대한 열망을 의미하는 것이기

도 하다. 이런 초월적 열망은 현실의 삶의 방식을 초극하고
자 하는 태도이다. 시인은 현실을 뛰어넘는 초월적 가치를
받아들임으로써 자신이 도달하고 싶었던 낙원으로서의 고
향에 진입하고자 하며, 이는 고향으로 대변되는 천상적 질
서로 회귀하고자 하는 인식을 보여주는 것이다. 다시 말해
시인의 이런 인식은 성聖과 속俗 혹은 낙원과 지상을 구분하
는 이원론적 세계 인식으로 잃어버린 낙원을 되찾고자 하는
종교적 초월과 구원에 대한 갈구를 표현하는 것이라고 할
수 있다.

4. 다시 애월포구에 서서

우리가 그림자로 밀려날 때, 우리가 노을과 함께 저물어
갈 때, 그 배경에 남는 것은 무엇일까. 뒷모습은 뒷모습으로
남고 뒷모습으로 말한다. 시인도 뒷모습으로 남아 노을 지
는 해변을 걷고 있다. 그 옛날의 모습으로 오늘도 그 해변을
걷고 있다. "노을이 저리 붉으니/ 누구/ 울다 가겠네// 해조
음이 저리 설레니/ 이 저녁/첫눈이 내리겠네"(「산방일우」).
저녁이 내리는 시간은 모든 사물이 추억의 공간으로 돌아가
는 때이다. 사물들의 풍경 위에 어둠이 내리기 시작하면서
막막하고 고통스러운 현존을 빠져나온 사물들이 추억의 냄
새로 떠돈다. 시인은 기화하는 추억의 보이지 않는 입자들
에 의해 조금씩 비현실의 공간 속으로 옮겨 앉는다. 빛과 어
둠 사이, 기쁨과 슬픔 사이에서 존재의 힘겨움이 쓸쓸하고
고즈넉한 부재의 공간에 자리를 내어주는 시간이다. 시인은

"이제는 돌아가야 할 때/ 먼 수평선에/ 한두 점 불을 켜는 그리움/ 너와 나, 묽어져가네"(「시월서정」)라고 노래한다.

김종호의 시들은 존재의 아득함 뒤에 가려져 있던 부재의 추억과 그리움이 더욱 생생한 실감으로 다가오는 저녁의 시간으로 우리를 이끌어 간다. 저녁의 시간이 주는 그 온기와 아늑함은 한낮의 고달프던 일상의 현실들을 무화시키면서 우리를 안락하게 한다. 일상의 소음과 번잡은 고즈넉한 정적의 시간 속으로 스며 들어간다. "하루가 저무는 동안 때로는 미움과 그 슬픔으로/ 바다 위를 소요하는 갈매기의 날개이다가 날 저물어/ 항구로 돌아와 고요한 물처럼 물로 흐르나니"(「그대에게 나의 사랑은」).

어두워져 가는 일몰 속을 걸어가는 시인의 등 뒤로 저녁 풍경은 쓸쓸히 내린다. 그 풍경 속에서 낮은 괄호 속에 담기고 저녁은 정적을 따라 시인에게 다가온다. 시인의 삶이 통과해 온 고통스러운 시간의 편린은 아득한 기억의 저편으로 밀려난다. 희미하게 색바랜 고통의 기억들은 시인의 의식 속에서 정적의 무게로 소멸한다. 고통과 방황의 시간이 끝난 뒤의 흔적들을 바라보는 시인의 눈은 더욱 맑고 정갈하다.

다시 시인은 영원한 고향인 애월포구에 섰다. '영혼의 몸짓'을 위한 여정은 영원히 계속되고, 그의 시어는 햇살같이 우리를 환히 비추어 줄 수 있기를 바라는 마음 간절하다.

■ 김종호 연보

1939년 11월 20일 제주시 애월읍 애월리 1741번지에서 부 김두선
金斗宣, 모 안덕선安德善의 6남 3녀의 막내로 출생.

1944년 9월 아버님이 돌아가시다.

만형壽룢이 아버지 장례를 치르고, 10월 징용으로 만주에
서 행불되시다.

1946년 3월 애월초등학교 입학.

4학년 때 담임(김의형)이 내 그림을 게시판 복판에 붙이
고, 그 후 종이만 있으면 그림을 그리다.

1952년 4월 애월중학교 입학하다.

1954년 2월 어머님이 돌아가시다.

1955년 3월 애월중학교 졸업 후 상경하여 4년여 동안 서울의 거리
를 떠돌다 귀향하다.

1959년 3월 애월고의 전신 애월상업고 2학년으로 편입학하다.

11월 '반공포스터'로 제주경찰국장상을 수상하다.

1960년 12월 애월상고 종합예술제 극 〈햄릿〉에서 햄릿 역을 맡다.

1961년 3월 애월상업고등학교 졸업하다. 미술 음악 체육 연극을
아우르는 종합특기상을 받다.

3월 2년제 경기대학에 합격했으나 류머티즘 관절염으로
귀향하다.

1962년 12월 입대하여 1965년 육군 병장으로 제대하다.

1963년 12월 연극 〈아! 산하여!〉 극본을 쓰고 연출하다(청년회 주
최).

1966년 삼월부터 제주서림에서 사촌형을 도와 2년을 일하다.

1967년 1월 애월리 박창은朴昌恩 여 박옥선朴玉善과 결혼.

1968년 2월 첫째 현웅賢雄 출생.

5월부터 애월중학교, 한림여실고에서 미술강사를 하다.

1970년 7월 문교부 시행 중등미술실기교사 전형검정합격.

1974년 11월 둘째 철웅哲雄 출생.

1971년~1985년 제주미협회원전 15회 출품. 〈무수천 풍경〉 기당 미술관에 소장.

1982년 2월 제주도 북제주교육장 표창장(강종숙) 수상(신엄중).

1984년 5월 제주도교육위원회 교육감 표창장(고봉식) 수상(신창 중).

1989년 6월 제주도교위 모범교사해외교육연수(대만 싱가포르 태 국 일본).

1991년 12월 제주도교육위원회 교육감표창장(강정은) 수상(애월 중).

1995년 12월 교육부 장관 표창장(박영식) 수상(저청중).

1995년 12월 제주도 북제주교육청 교육장표창장(김찬흡) 수상(저 청중).

1998년 12월 대한예수교장로회 애월교회 장로 취임하다.

2000년 8월 중등교감 명퇴하다.

2000년 8월 근정포장(대통령)을 수상하다.

2003년 4월 주사랑어린이집 준공, 건축위원장을 맡다.

2004년 4월 주사랑요양원 준공, 건축위원장을 맡다.

2004년 4월 주사랑어린이집 원장 4년 역임하다.

2007년 5월 문예사조 신인상을 받고 등단하다.

2007년 5월 제주종보련 원장 성지순례(두바이 이집트 요르단 이 스라엘).

2007년 7월 애월초등학교총동창회 제2대 회장.

2008년 6월 제주문인협회 회원이 되다.

2008년 3월 첫 시집『뻐꾸기 울고 있다』를 펴다.

2008년 4월 애월문학회 초대회장.

2010년 6월 둘째 시집『설산에 오르니』를 펴다.

2010년 8월~2015년 9월 제민일보논설위원 역임.

2011년 10월 셋째 시집 『순례자』를 펴다.

2011년 10월 '장한철 표해기적비' 건립추진위원장.

2013년 12월 넷째 시집 『소실점』을 펴다.

2014년 2월 제주도의회교육운영위원회 자문위원 2년 역임.

2015년 1월 베트남 꽝아이성 문학예술교류 참가.

2015년 11월 문학기행, 오끼나와를 가다(제주문협, 제주작가회 연합).

2015년 12월 자랑스러운 애월읍민대상 문화예술체육부문 본상 수상.

2017년 9월 다섯째 시집 『날개』를 펴다.

2018년 11월 제1회 김종호 유화전을 갖다.

2018년 12월 제주문학상 수상.

2019년 5월 제주문인협회 원로자문위원 위촉.

2020년 7월 부인 박옥선 타계하다.

2020년 10월 『김종호시선집』을 펴다.